JN015181

Reflect On Myself

クリタヒロシ 著

幻冬舎MC

理想

誰かに理想を求めるよりも

俺が誰かの理想になろうって

そう決めたんだ

小さな幸せ

朝の光は暖かく
この俺を包んだ
まるで
あの頃の想いを包み込むように

社会の歯車を乗せて
今日も走る通勤電車
まるで日本の血流線
時間に追われ埋もれる俺と
ドアの向こうの学生たち

「そういや俺にも
　あんな時代があったなぁ」

いつもなんでもない毎日の繰り返しで
退屈だったはずなのに
振り返ってみたら
そんな時代が懐かしいもんだなって
はじめて思った

彼らはどんな話をしているんだろう
勉強のこと
部活のこと
友達のこと
恋愛のこと

ガラス越しの過去に
そんなことを考えていたら
少し笑ってしまった

季節が巡るということは
思い出の宝石箱を開けるようなもので
季節が巡るということは
思い出の宝石箱を閉じるようなもの
オトナになってしばらく経つけど
俺にも少しは歴史ができたってことかな

小さな小さな幸せ

晴れやかな気分になって
上を見上げてみた
いつも気付かなかったけれど
この街はこんなにも空が広いんだ
はじめて来るこの街に
少し懐かしさを覚える

まるでこの空が
あの頃の自分に繋がっている気がして
少し嬉しかった

少年時代

綺麗な花にはトゲがあるように
綺麗な未来にはトゲがある

今思えば
夢を描いていたあの頃が
一番幸せだったかもしれないな

この世界には
あまりにもトゲが多すぎる

純

前ばっかり見る人より
前も後ろも右も左も
全て見ている人の方が
「前向きな人」なんじゃないかな

現実と自分の在り方を
しっかりと見つめること
それが大人としての
純粋な心なんだと思う

俺たちはもう
子供じゃないんだ

フマジメ

何かに従うことを
真面目とは言うけれど
従うもの自体が
間違っていることもあるだろう

真面目に不真面目さを考えた時
こっちの方がまともじゃんって

そう思ったら
少しだけ楽になったんだ

a little

もう少しだけ
君を思う気持ちがほしい

もう少しだけ
俺を思う気持ちがほしい

そうすれば
俺たちはもっと繋がれる

もう少しだけ
もう少しだけ

そうすれば
世界はもっと繋がれる

風船

あの道を選んだ人も
その道を選んだ人も
きっとお互いに憧れるから
この世界は夢で溢れているのだろう

俺の選んだこの道も少しはいいもんだなって
そう思える日がくればいいな

未来の雫

自分が動かなければ
ツラいことも経験できない
強くなるには
傷つく勇気が必要なんだ

また一つ乗り越えれば
また一つ良いことが待ってるよ

今流す涙は
未来の君を潤すから

ミライスコープ

君のように
未来が分からなくて悩んでいるのも
幸せなことだと思うよ

彼は当然という口調でそう言った

だってこれから先
どんな未来でも選べるってことだろう

スタートライン

夢を持つ希望と勇気の裏には
同時に絶望と不安も必ずある

そのことを「現実」と呼ぶのなら
きっと
それに気付いた時
本当の人生の始まりなんだろう

ガラスの靴

時の鐘が
夢の終わりを告げた

子供の頃は
大人になればなんでもできるって
ずっとそう思っていたのに
大人になればなるほど
何もできなくなった

いつの日にか落とした
ガラスの靴

今の俺は
もう一度履くことができるのかな

陽だまりの中

高校の頃
教室の窓
自分の未来を描いてた

あの空は
今もまだ変わらない
ただ
描き方を忘れてしまった

今まで歩んできた道を
一度振り返ってみて
忘れたものを全て取り戻せたなら
その時俺は何を手にするだろう

この陽だまりの中で
少し懐かしく思えた
高校の頃
教室の窓

声

耳を澄ましても
何も聞こえない

未だに俺は
現実も理想も区別がつかなくて
あの頃の残像を追いかけるだけ

それでもたとえ
どんなに道に迷ったとしても
信じられるのは自分だけだって
そう思うから

いつかまた
明日が俺を呼ぶ声がする

この先へ
俺はまた走って行ける

疾走

君の差し伸べてくれた手を繋いで
俺はどこまでも行けそうな気がしたんだ

イロドリノセカイ

俺はただ
何度も真っ白なキャンバスに
沢山の絵を描き続けてきた
それは
色鮮やかな虹色にも
沈んだ群青色にも

一体今まで
何枚の絵を描き上げ
何枚の絵を破ってきただろう

それでもまだ
目の前の新しいキャンバスに
色をつける　自分がいる
無色でいるなんて
きっとこの世界では無理だから

誰かに染められるくらいなら
自ら染まりたい

どんな人生だって
きっとそれだけで美しくなれる
世界はもっと
鮮やかに彩るから

いつか

本当に大切なものって
本当に大切な気持ちって
今はまだ分からないけれど

それに気付いた時に
守れるだけの　強さが欲しい

空色

俺は空を飛んでいた
夢の中で
確かに空を飛んでいた

きっと
空は人の心の中にある
今まで生きて感じてきた
喜び　怒り　哀しみ　楽しみ
全てが合わさって
翼になるから

俺は今でも
空を飛べるよ

ただ
あの頃とは違う空だけどね

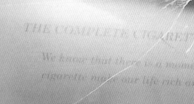

THE COMPLETE CIGARETTE

We know that there is a moment...
cigarette make our life rich and...

BOX
LARK

¥00 ¥90 ¥320 ¥320

KENT

LARK

天邪鬼

俺はこんなに弱いんだよって
君に言えていたのなら
どんなに楽になれただろう

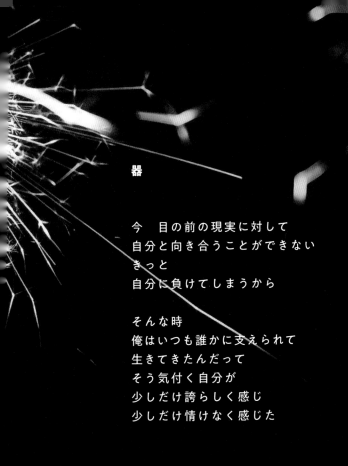

器

今　目の前の現実に対して
自分と向き合うことができない
きっと
自分に負けてしまうから

そんな時
俺はいつも誰かに支えられて
生きてきたんだって
そう気付く自分が
少しだけ誇らしく感じ
少しだけ情けなく感じた

もし全てを受け入れて
その時俺が壊れるのなら
その程度の器ってことなんだろう

若いこと

無力さを感じた

若いって
なんでも始められるけど
なんにもできないから

選ぶだけで満足していたら
きっとその先には進めないんだ

喜怒哀楽

なんでもないことに喜んで
なんでもないことに怒って
なんでもないことに哀しんで
なんでもないことが楽しかった

青春時代なんて所詮青い時
生きていくにはとても未熟
けど
笑うことには一番成熟している時

きっと誰もがそのことに気付きながら
でも認められずに生きているんだと思う

別に何も変わっちゃいない
俺自身が変わっただけだから

キレイゴト

キレイごとなんて嫌い

でも　もし
目の前にキレイごとがあったなら
きっとすぐに飛びつくだろう

何がしたいのか
何が欲しいのか
何が必要なのか
何を失くしたのか

結局のところ
何も無いんだ

檻の中

毎日毎日
檻の中から外を眺める
いつも見る
向う側へ行きたい

餌付けされた鳥は
もう一羽では生きられない
俺もそう

自由気ままな鳥になりたい
汚くたって別にいいさ

今日もまた　鳥は羽ばたく
俺はまた　眺めるだけ

欠片

ただ見ていただけなんだ
壊れていく世界を目の前に

涙で何も見えなくなる前に
ここから一歩踏み出したい
壊れた欠片を拾い集め
新しい世界を創るから

前を向いていられる
強さが欲しい

きっとその時
あれは夢だったって笑えるだろう

俺はまだ
夢の中だって分かってる

暮れ行く日々

ここから見える景色も
少しだけ視点を変えれば
少しだけ楽になったりするのかな

俺は今
俺がなりたかったオトナになれているのだろうか

包容

弱くていいって
誰かに言ってほしかっただけなんだ

だって
弱さとは共感で　分かり合える喜びに変わるから

いつかきっと　その瞬間が訪れるから

だから今度は　弱くていいって
俺が君に伝えたい

その弱さを必要としている人のため
弱さとともに生きていけばいい

それはとても勇気のいることだけれど
強がりよりもそれはきっと
君の心を豊かにしてくれるから

そうやって
他人を受け入れられる人の輪が
広がっていけばいいなって思う

瞳に映るもの

未来を生きたかった
行く末には
夢が溢れていると思っていたから

目に見える全ての事実を拒み
目に見えない全ての希望を信じた

その結果得たものは
捨てきれない夢の残骸と
中身のない空白の時間

そんな俺たちが創る世界は
未来を生きる君の瞳に
何を映すことができるかな

遠くへ

俺には俺の生きる意味が分からない
意味があるのか無いのかも分からない
でも
描いてきた道なら沢山ある
崩れ去った道も沢山ある

きっと
意味は与えられるんじゃなくて
創るものだから

俺はただ　遠くへ行きたい
もっとずっと遠くへ

意味を探すために生きる
人生ってそんなものかもしれないな

幸せの形

夢を叶えるってことが
幸せの形だと思っていた
でもそれは
憧れの形なんだと気付いた

何かを諦めたわけじゃないけれど
夢の先に何があるのか
今の俺には分からないから

毎日笑って過ごすことができたなら
きっと
それが一番幸せな形なんだと思うよ

ここではない何処か

大人になって逃げ場を作ってしまった
そして
いつしか考えることをやめた
いつしか語らうことをやめた

だから俺は
自分との付き合い方を忘れていく
他人との付き合い方に長けるから

耳にイヤホンをかける
外界と自分が遮断され
世界が自分中心に動きだす
そんな気分

だから今日も
イヤホンかけて外へ出る
それはただの逃避だと分かっているけれど

自分にとって素晴らしい世界が
「いつか」「きっと」見つかるはず

ここではない何処か

闇の中で

夜が怖い
この暗闇は
俺の全てを包み込んでいく気がして

認めてほしい
ただそれだけだったのに
目の前の欲に負け
自己顕示が強くなる

どれだけ頑張ったって
本当の「自分」なんて伝わらず
偽の「自分」が生まれるだけ

未成熟な心が　暴発する

今はただ
目の前の現実に自分をごまかして
時間だけが先走る
何も求めず
何も目指さず
今　この全てを捨ててしまえば
少しは楽になるのかな

夜が怖い
朝の光を待ちきれず
ナイフで闇を切り裂いても
ツラい明日があるだけなのに

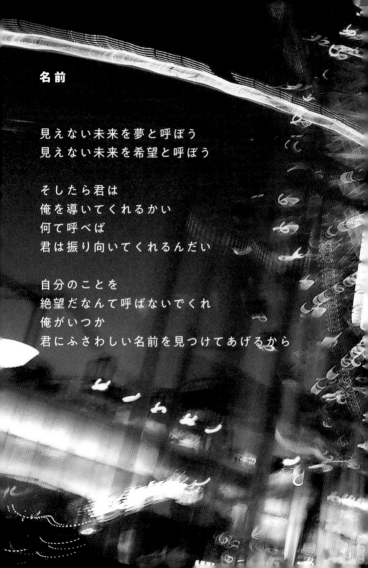

名前

見えない未来を夢と呼ぼう
見えない未来を希望と呼ぼう

そしたら君は
俺を導いてくれるかい
何て呼べば
君は振り向いてくれるんだい

自分のことを
絶望だなんて呼ばないでくれ
俺がいつか
君にふさわしい名前を見つけてあげるから

カラス

汚れることは悪くない
ずっとそう思っていた

白い鳩は黒いカラスに
狙われるように
白い心は黒い心に狙われる

自分の心を守るためだと
ずっとそう思っていたら
いつの間にか自分も
真っ黒なカラスになっていた

「それでも私は汚れたくない」
その一言が忘れられない

簡単な日常

喜怒哀楽
一つ一つは大したことなくても
俺たちの毎日は
そんな些細なことの積み重ねでできている

些細なことだから　簡単に手に入り
些細なことだから　簡単に奪われ
些細なことだから　簡単に失う

嬉しい出来事も悲しい出来事も
だからきっと
毎日はもっと簡単なことなんだろうな

流れ

今でもまだ
瞳の中に映るあの頃
戻らない時を生きる君たちは
手の届かない過去を生きている
いつの日にか
瞳の中からも消えていく

それが良いことか分からないけれど
ただ
瞳をあけた今この時が
また過去になっていくのは確かなことで
だから今も大事にしようって思うと
まるで俺は
過去のために日々生きているように思うんだ

未来って
どこまで行けば辿り着けるのだろう

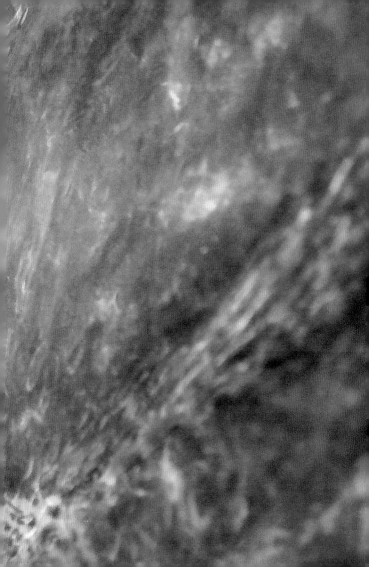

地図

もしも願いが叶うなら
希望という名の
地図が欲しい

リセット

そんなに今が嫌なら全てを捨ててしまえばいい
彼が言った

全てを捨てたら
未来だけが残った

もう一度

何度も何度も蹴落とされ
それでも笑って上を向いた
何度も何度も蹴落とされ
それでも必死にしがみついた
何度も何度も

ふと思う
笑顔でいることは
こんなにもツラいことだったっけ
俺はいったい
どんな時に心から笑っていたっけ

でも俺は
それでもずっと諦めなかった

いつかきっと　自分に誇れる毎日を
いつかきっと　心から笑える毎日を
もう一度手にするんだ

社会の中で「生かされている」のではなく
自分の意志で「生きている」と思いたいから

俺はただ
自分の存在価値を見つけたいだけなんだ

空

晴れの日もある
曇りの日もある
雨の日もある
変わり続けるこの空は
天気のせいにするのではなく
自分の心が決めるもの

決して流されるのではなく
自分なりの　曇りの日があればいい
自分なりの　雨の日があればいい

空は君の心を映す

晴れた日だけが君の姿じゃないから

君との時間

人生には
別れがつきものだと言うけれど
俺は
君と会えなくなるのが悲しいんじゃなくて
君との時間が思い出となってしまうのが悲しい

出会い

今まで色んなものを失くしてきたのは
全て
君を手に入れるためだったのかな

君の声

明日を生きろと君は言う
この世界の隅で
君の声が聞こえた

俺はただ時に急かされ
自ら何かを落としながら生きてきた
時の流れに取り残されるのを恐れて

時に急かされ
進む道も忘れてしまった
時に急かされ
立ち止まることも忘れてしまった

それでもまだ
この世界の隅で
君の声が聞こえる

HOME

人はきっと
その存在だけで誰かを幸せにしている
そう思えた時に強くなれる

俺が君の帰る場所を作ってやるよ

そう言える人間になりたい

だから君は
安心して飛び立てばいいさ

玉手箱

目指すべき未来のために
今という時間があるのに
俺は濃い霧の中
もがいても　もがいても
抜け出し方が分からない

いつかは霧も晴れるかもしれないけれど
気付いた時には
知らないうちに歳をとっていたなんて
いくつもの今が通り過ぎていたなんて

そんなのは
絶対に嫌なんだ

今日という名の未来

君と生きたあの時が
今に繋がっていると信じたいから
俺は前を向こうと思う

テールランプ

あの頃見た夢の続きへ
もう一度走り出そう
目の前の残像が
消えてしまうその前に

もう振り返らない
もう立ち止まらない
時代は走り続けている

さあ
テールランプのその先へ
俺たちはまだ
終わってなんかいないんだ

25

選ぶことは　捨てること

きっと人生で起こることは全て
正しくもあり
間違いでもあるから

決断する力とは
何かを捨てる勇気なんだと思う

何も正しいものなんて無い
何を選択するかだけのこと

あなたには
決断する力はありますか
それとも
このまま時が止まってほしいと願うだけですか

真実

俺はここにいる

これからどんな道を歩こうと
これからどんな世界を歩こうと
今　俺はここにいる

正しいことなんて
誰にも決められないけれど
今　この瞬間
君も俺もこうやって存在していること

それだけがこの世で
たった一つの真実

ロードムービー

ひとつ前に進むたび
ひとつ何かを落としていく
そうして皆大人になった
あの頃見た夢が
今目の前にあるか分からないけれど
俺たちが描いていた幸せは
ただ目指すものではなく
守るものも増えたから

少なくとも俺たちは
あの頃より強くなったんだと思うよ

素晴らしい世界

君が見る世界と　同じものを見ようとは思わない
でも
君が見る世界を俺にもこっそり教えてほしい

きっとそれは俺には見えないけれど
替わりに夢に見ようと思う
君が見る世界と俺が見る世界
その二つが一つになった世界を

きっとそれは　素晴らしい世界だと思うんだ

ネバーランド

物分かりの良いことが大人だというのなら
それはきっと全てに諦めている

後悔だけはしたくない
もっと笑えばいいじゃないか
もっと怒ればいいじゃないか
もっと泣けばいいじゃないか

受け身の未来なんてつまらないってことを
この俺が証明してやるよ

それを世の中が子供だというのなら
俺はもう少し子供でいようと思う

ハジマリノウタ

答えがあるから決断するんじゃない
答えを見つけるために決断するんだ

そのために
いくつもの今を超えていく

今日の出来事も
いつかきっと笑って話せる日がくるから

答えを見つけたその先に
どんな世界が見えるのか
そんなことは分からないけれど

手を伸ばせば
世界は思っていたより　優しいのかもしれない

リアル

何かが終わる　そして何かが始まる
どれだけ時代が変わっても
どれだけ俺たちが変わっても
きっとそれだけは変わらずにいるだろう

この世界はいつだって
苦しくて　脆くて　儚い

どんなキレイなものだって
ひと時の夢のように消えていく

だから俺は　誰かに助けを求めるその前に
まず自分が強くなろうと決めたんだ

だって
世界を眺めているだけでは
本当の喜びはやってこないって知ったから

理想の先へ

俺には理想の自分がある
いつももう一人の理想の自分に従って生きてきた

ありきたりな言葉や
使い古された理論や
耳触りのいい精神論

それらは全て間違ってはないけれど

現実は甘くなくて　逃げたくなる時も何度もあった

ただ
ツラいことも泣きたいことも
全て理想の自分についていくと決めたから
きっと今がある

何年も理想の自分の背中を追いかけていたら
ふと気付いたんだ
もう手が届いているって

そして　自分のことで精いっぱいだったって

だから次はもっと違う理想を追いかけたくなった
その時の自分がどうなっているか知りたくて
そしてそこから見える世界には
どんな景色が広がっているのか知りたくて

ただ一つ誓いたいこと

これからは「誰か」の理想ではなく
「自分の大切な人たち」の理想になろうって
そう決めたんだ

著者紹介

クリタ ヒロシ

1981 年東京都生まれ

大学時代に写真と言葉の創作活動を開始。
アートイベントなどに参加する傍ら、東京・下北沢
を中心に 14 回の個展を開催。

生きていく中での悩みや葛藤・夢や希望など、
読み手自身の想いを映し出す「鏡」をコンセ
プトに何気ない日常の写真と、飾らない等身
大の言葉で綴る文章が特徴。
その作品の世界観が幅広い世代に支持されて
いる。

著書：「コトバとココロ」
　　　　（2003 年創英社／三省堂書店）

Reflect On Myself

2023年2月16日　第1刷発行

著　者　　クリタヒロシ
発行人　　久保田貴幸

発行元　　株式会社 幻冬舎メディアコンサルティング
　　　　　〒151-0051　東京都渋谷区千駄ヶ谷4-9-7
　　　　　電話　03-5411-6440（編集）

発売元　　株式会社 幻冬舎
　　　　　〒151-0051　東京都渋谷区千駄ヶ谷4-9-7
　　　　　電話　03-5411-6222（営業）

印刷・製本　シナジーコミュニケーションズ株式会社
装　丁　　野口 萌